AF409039

Desacuerdos

Valeria Morales Núñez & Katherinne M. Vargas
(compiladoras)

DESACUERDOS

Índice

Prólogo

"Puedo abrirme como una flor,
y saltar desde mis ojos para verme
abierta al sol"
Eunice Odio

Desacuerdos es el primer resultado material del Proyecto Escritoras Aflorantes, gestado por Valeria Morales Núñez y Katherinne M. Vargas. Este esfuerzo fue realizado con el apoyo de la Federación de Estudiantes de la Universidad de Costa Rica, a través del Concurso Fondo de Proyectos.

La antología reúne los textos de dieciocho mujeres jóvenes. Es una grieta que se exige a sí misma en el mundo literario, es también un abrazo hacia todas las mujeres que se han atrevido a hacer arte en Costa Rica. Inició con una convocatoria realizada en octubre del 2017, con el propósito de encontrar obras literarias inéditas creadas por autoras jóvenes costarricenses. Se recibieron más de ciento sesenta obras que atravesaron un proceso de selección hasta determinar las treinta y seis publicadas en esta antología.

Para esta selección, fue vital el apoyo de la escritora costarricense Angélica Murillo, quien con su experiencia y bagaje literario, realizó la selección de los textos, a través de un ejercicio participativo de taller literario. Durante éste, cada texto se trabajó en compañía de su autora, hasta obtener un manuscrito más acabado previo a iniciar un proceso de edición formal.

En estas líneas, las mujeres al lápiz renombran, destruyen, crean y preguntan sobre el ser. Mujeres entre los dieciocho y los treinta y cuatro años de edad, trabajadoras, estudiantes, madres, habitantes de zonas urbanas y rurales del país, con experiencia en talleres literarios o no, muestran textos con amplias tensiones, así como estructuras y contenidos de diversas índoles.

De este nudo, nace el nombre Desacuerdos, como reflejo identitario de una antología que se compone de poemas, microrrelatos, relatos y cuentos; abordando tanto escritos de fantasía como del quehacer cotidiano, muchos desde los escenarios que retan el ser mujer. Textos que preguntan al nido familiar sobre el pasado, que crean ciudades completas, que relatan con humor un amor esporádico, o bien, lo que se sangra en el amor, hasta cambiarnos la piel por escamas. Viajamos en lo fugaz y filoso de años y territorios que confluyen en las dieciocho participantes.

Valeria Morales Núñez y Katherinne M. Vargas

Silvia Elena
(Heredia, 1991)

de poesía "erótica" sabré tanto como un pájaro sabe de cómo
se sobrevive a los eclipses,

y ahí estás vos en lo simple de la reacción. a vos te escribi-
ría —vagina— en cursiva y sobre todo el cuerpo, o alguna otra
palabra,

si es que existe

que hable de mí y de todos tus líquidos, de las fibras de cualquier cosa que dé fe de vos recorriéndome lo oculto.

revancha

ésta
nace del páncreas
—en hijitos de colores
azulmarinos—
para no callar
y recorre el cuerpo desbordándonos
en veraneras
flores
por nuestras bocas y nuestros ojos.

¡ay Ceniza de desencuentro!,
que sos lo mismo que los miedos,
Ceniza de dependencia,
de —quédate callada maricona—
qué pena, Ceniza,
te dejamos puerta afuera,
acá dentro nos armamos la revolución,
reímos voraces de un encuentro
o dos o tres o los que la fortuna quiera.

los milenios nos reclaman
y volvemos a la vida, menstruantes,
tristes cuando sea necesario,
juntas,
eso sí,
a pesar de todos los mañanas.

pelos por la casa

este cuerpo amorfo
no
pesado de arroz y levadura se volvió en mi contra poro a
poro,
—soltá las carnes— lloriqueaba, astillándome el colon o el
ovario izquierdo.
convencida, descoloqué carbohidratos y tabaco de la habi-
tualidad alimenticia.
inventé libros para no escribir.
uno a uno corté mis cabellos,
cada centímetro de piel,
piernas
cabeza
pubis.

Mañana que ya es vieja
vendrá a recoger sin miedo
los pelos por la casa.

principio de alejamiento

pretendo, gracias al principio de alejamiento de los cuerpos, provocarme el éxtasis que se rinde a tu nombre. desesperada por encontrar palabras sensuales, como mangos cada noche y recostada sobre el pasto, planto semillas en mi ombligo para que me encontrés árbol crecido. lo inevitable es lo profundo. lo profundamente riesgoso es el miedo que quizá deambule entre tus raíces y mis frutos. miedo es una palabra sensual y sin tiempo.

¿podría usted buen hombre encender la luz y
buscarme los agujeros en los agujeros?

estoy tan desnuda que nadie lo notaría, mimetizada entre tanto chunche que me inventé para crecer. no tengo frío ni miedo,
la última vez que estuvo usted por aquí se apagaron las esporas
de mi cuerpo. ahora, yo transparente y usted tan oscuro, deci-
damos a discrepancia enredarnos en otros cielos, desaparecer.

Fernanda Carrillo
(Alajuela, 1994)

Otro fondo

Qué relativo es "tocar fondo",
como si fuera un lugar al que una llega
y del que no se mueve
nunca.

¿Qué implica no estar en el fondo?
No creo que sea estar en lo más alto,
tal vez sea solo estar a flote.

No creo que sea un espacio de visitas esporádicas
de cada ciertos años,
o el escondite frente a la crisis
ni el lugar de los débiles.

El fondo quizá sea más bien un lugar que se visita y se deja

del que a veces salimos con propulsión de cohete,
otras, por las viejas escaleras
y ¿por qué no?
un lugar que aceptamos como nuestro

que decoramos con flores
y palo santo

para que deje de ser sentencia
y hagamos más nuestra la estadía.

Info sobre info sobre info

La Info que se pierde
que se disipa
que se anula,
la info que pierdo
que olvido,
la info que decido olvidar,
la info
la info
la info
lo fugaz
el ruido,
el espacio completamente saturado frente al
espacio que queda vacío,
el espacio permanentemente en blanco,
el espacio que no retiene
todo lo que se pierde cuando se quiere conservar.

Casa

Al inicio la casa no era siquiera una casa
ni mía ni de nadie.

Era un no-espacio,
un residuo,
la puesta en escena de recuerdos cercanos al disfrute.

Pronto las telarañas fueron mías,
los rincones
las paredes sucias,
todas mías y de mi nueva-vieja familia.

Lo que antes era desconocido me habitó,
casa pasó a tener sentido.

Ahora
sé que el candado pocas veces está cerrado.

Mi casa resignificada de matices íntimos
donde ya no soy solo una observadora
sino también una observada.

KariOba
(Pococí, Limón, 1994)

Criatura acuática

Siempre en el misterio de las profundidades,
El insospechado
se mueve sin dejar rastro.
Es un hilo en el mar
El que se oculta.
Siempre hay sutileza en sus andares...
Balance
El que no pierde la brújula.
Sintonía en frío-tiempo.
Criatura que se aclimata,
Filtrador de turbias aguas.
Hombre-pez.
Ligero y silencioso.

Mujer Fuego

Parimos en la angustia
con el calor de los volcanes,
ante la barbarie del mar.
Expulsamos con dolor la calamidad,
y ante la temible distancia, sobrevivimos,
nunca encarné en una costilla…
La ingenuidad se rasgó la piel.
Ahora soy:
Hembra salvaje,
Defensora del territorio,
Aliada de mis ancestras,
Mujer fuego.
Matriarca retornando desde el ADN espiritual,
y ante la temible incertidumbre, sobreviviremos.
Ahora soy:
La calidez del girasol.
Nunca te dije cuán curandera fui…

Mariela Ch. Herrera
(San Miguel, Heredia, 1999)

Introspección

Nunca he sentido culpa
a excepción del día en que intenté creer en dios.
No tengo moral,
no tengo límites
ni credo.

Abusó de mí mi propia sangre.
Mi mamá me dijo que nadie quiere a las zorras como yo,
por eso me cambió
por "el amor de su vida".

Soy la última hija de las amantes de mi padre,
las arrugas en las manos de mi abuela.
Verso,
líneas y humo.

Me gustan los perros,
los patos,
los gatos...

Soy talla 36 de zapato
y sadomasoquista.

Nunca pronuncian bien mi nombre,
ha de ser un reflejo de mi falta de identidad.

Nací en Julio.
Soy Cáncer.
Tengo 66 libros en un estante
y un lunar en la piel de alguien más.

No soy musa de nadie,
un verso libre,
sin rima
ni dueño.

Silya J. Blanco Garita
(San José, 1991)

Malconcebir

"La vida es una treta repetida
por todos los ayeres aplazados"
Laureano Albán

Y el día es solo su consecuencia,
un plan intervenido,
un abrazo del hábito.

Es entonar el paso y la fuga
de pájaros negros,
de párrafos secos.
El hambre sin el abrigo absurdo
de la pausa o del verso.

Es dejar ir el espejismo
donde mis bastas estrofas
se regocijan en la escasez.

Para aplazar, de nuevo,
esta artimaña placentera,
que "mal" nació y nadie supo,
que es "mal" agüero anticipado,
que será "mal" entendida
para suscitar otros génesis
enmohecidos por letras sin dueño.

El día es, a veces consecuencia,
pero sigo amando
las esculturas con alas,
y el malconcebir ayeres

entre papeles que reclaman
mi continuidad de palabras.

Agua de tiempo

El agua de tiempo
no es metáfora,
sin embargo,
se bebe en ella
otros siglos.

Un mar
transparente de minutos
desata sus faldas.

Viene a engendrar
más ciudades antiguas
en hojas de aguacero.

Libre, desenreda
los laberintos rutinarios
del café,
invade habitaciones
de hierbabuena
y melancolía.

La taza fina,
la arcilla terca
o el jarro de metálica nostalgia
son las imposibles
fuentes dulceamargas
que encierran,
sin saberlo, un beso.

El agua de tiempo
no es metáfora.

El agua de tiempo
es la tinta que escribe
una invitación invisible:
Queda cordialmente invitado
a llenar una de las tantas sillas vacías
de nuestra mesa.

Alexa Prada Alfaro
(Montes de Oca, 1998)

¿Amor?

¿Amor?
Mantené la sonrisa
y las manos dispuestas.

Huí,
escapá de esa puerta,
de ese cuarto frío.

Esquivá la niebla.
Soportá los gritos.
¿Dolor?
Controlar los latidos.
Disimular el sudor,
los ojos frágiles.

¿Amor?
Mis ojos inseguros
y sus manos inquietas.
Los suyos turbios y fúricos.
Y sus manos,
violentas.

El día es ciego,
y sus pasos fuertes
cierran las puertas.
¿Y si huyo?

—Shh —...Es nuestro secreto.
—Shh —...Es porque te amo.
¿Y si corro?

—Shh…
Guardaré silencio.
Pero, ¡pará!
Que. Sangre. Derrama.
Por favor.
¡Que se me pudre la boca!

No más,
que el amor se me borra.
¿Amor?
Dolor.

Lucía Rodríguez Rodríguez
(Atenas, 1989)

Para futuras notificaciones

47

Preguntaron por mi dirección.
Les dije que suelo morar en tu espalda baja.
Allí,
en el abismo de esa cicatriz
—cuyo origen desconozco—.
Preguntaron de nuevo.
Les dije que me buscaran en tu boca
o en el pliegue de tus párpados
los miércoles y jueves
a las once de la noche,
pero no entendieron.
Antes de cantar el gallo
preguntaron por última vez mi dirección,
el lugar donde habito,
la sede principal de mis negocios,
donde se encuentra la mayor parte de mis bienes
—para futuras notificaciones—.
Es inútil
dar más señas.

Código morse

Sufren de maneras distintas.

Él, hastiado de mensajes enigmáticos que día tras día son arrastrados por el mar.

Ella, resignada a su condena de escribir cada folio en un idioma en desuso.

No siempre fue así.

Antes, mucho antes de la maldición, les bastaba con palparse en código morse.

MGFR
(Grecia, 1983)

La Locura en su hábitat natural

La Locura tenía pelaje largo, esto le mantenía en la intemperie y le protegía del viento y el constante pelo de gato.

Tenía ojos grandes, redondos y pedigüeños; rascaba vidrios en busca de alimentos.

Brincaba como una cabrilla y roía huesos de tapir.

No confiaba en nadie, sabía que querían atraparla y confinarla a un "refugio", no caía en una sola trampa.

A la Locura le gustaba jugar con luciérnagas hasta el punto de comérselas, los insectos eran la proteína que la hacía alucinar y correr frenética.

A veces se le veía sonreír, huía despavorida. Solo una vez, se le vio lamer la mano de un niño y al instante desaparecer en el bosque como ella misma.

Pamela Calderón Monge
(Acosta, 1995)

Tejidos

55

Extiendo mi mano y soplo,
las ideas se esparcen,
salen y juegan con el viento que anuncia la lluvia.
La lluvia
las diluye.
Las observo.
Pienso.
Es una carrera,
una contra el tiempo.
Busco
impaciente
el contacto íntimo con las ideas.
Intento
desenredar
estos ovillos
de palabras.

Toñito

Limpia el aire de recuerdos y telas de araña;
como si las patas no se volvieran a construir
y la memoria no regresara tirando piedras a la ventana.

A veces, hay que coser los pies a la cabeza
para caminar sin hundirse en la tierra del recuerdo.

Ella lo hizo bien,
pero nunca cesa de limpiar el aire.
En las noches no duerme,
¿será que escucha piedras en la ventana?

Al comedor le sobra una silla.
Hoy cumple años, no comimos queque.
Recogimos flores celestes, así eran sus ojos.
Ella hizo un rezo y me obligó a ir a misa.
Cuando fuimos a dejar las flores, pensé que cada gesto
era un regalo a nosotros mismos.

Sin él, soy la mayor.
Los menores llevan ventaja,
cuando tienen que pasar,
el portón ya está abierto.

Un aguacero me despertó:
las tres de la madrugada.
Dicen que se fue a esa hora
con la carita tierna y más mangueras que cuerpo.

Las salas de los hospitales están llenas de esperanza.

Llenas de mentiras, telas de araña
y mangueras atascadas.

Una piedra choca contra el vidrio y pregunta:
¿adónde van los niños cuando mueren?

Jennifer Aranda
(Alajuelita, 1994)

Profecía citadina

Habrá un colapso en la carretera,
las pancartas,
Uber
los taxis
la María que no sirve
y la María que siempre es útil en el barrio.
Habrá mucho ruido,
un cuchillo de carnicería en la ciudad,
la cabeza a cincuenta metros,
cinta amarilla.
Habrá una multitud afuera,
adentro los de siempre
con María.
Habrá también una ola de calor,
fotografías de gente que no ha vuelto,
la cara de María que es como la de ellas,
que no vuelven
porque no existe volver.
Y habrá un desfile de cadáveres,
juegos de pólvora en el campo
y un hombre que se esconde,
para que cuando bauticen a la ciudad
se libre él del agua bendita,
y de los malditos necios
que llaman a cualquier insecto con luz
luciérnaga,
y a cualquier María,
esperanza.

Muge 56

El año en el que las armas evolucionaron, la máquina 2.0 salió a las calles y la llamaron Muge 56. No se sabía si procedía del Gobierno o de la ciudadanía, pero acabó con más de la mitad de la población. Ya nadie andaba en la calle, caducaron los centros comerciales, se vinieron abajo todos los servicios públicos y la carretera colapsó, porque la gente quería salir del territorio.

El Ministerio de Seguridad declaró estado de emergencia: no había un solo abrazo seguro, ni una puerta segura, ni un seguro seguro. Se dudaba de las cédulas de identidad, de los pasaportes, de cualquier documento oficial, inclusive del nombre.

Los anónimos construyeron muros alrededor de sus casas, blindaron las ventanas, pusieron las mejores alarmas a sus autos y no salieron más... de sus casas, ni de su anonimato.

Cuando la Muge 56 acabó con el resto de la población, ya nadie tenía miedo, porque los fantasmas no suelen asustarse.

En marzo de 2056 los periódicos afirmaron que solo había tres formas de huir del terror: estar muertos, manejar una Muge 56 o exiliarse. Pero ellos nunca dicen la verdad, porque los que escriben también tienen miedo.

Sharling Morales Fallas
(Turrialba, 1994)

Toqué la puerta del sótano un par de veces
más, esta vez se abrió una pequeña ranura y sus
ojos se asomaron

—¿Qué quieres?
—Llevas horas ahí, me preocupé.
—Trae algo de comer, aun no acabo —replicó entre dientes.
—¿Mucho que hacer?—, quise preguntar inquieta por el extraño olor que provenía de adentro, pero, sin aviso, la puerta estaba cerrada frente a mí.

Traté de imaginar qué hacía durante tantas horas ahí abajo, era extraño, antes odiaba ese lugar y ahora vivía ahí.

—¡Andrés, Andrés!
—Golpeé la puerta sin respuesta. Estaba por irme cuando escuché que sus pasos se aproximaban, pero la puerta no se abrió.

De nuevo su cena fría sobre la mesa.
Otra vez me encontré mirando sola la televisión, habían sido semanas acompañadas de películas y las noticias de las siete. No me gusta verlas, me deprimen, aun así, hoy seguí escuchando el reportaje y mirando esas imágenes tan perturbadoras.
Me horroriza pensar en lo enfermo que está el mundo.
Apagué la tele y fui a la cocina, donde para mi sorpresa estaba Andrés.

—Saliste, ¡al fin!
—Debo volver.
—¿Acaso no piensas dormir?
—No creo que eso sea pos... —la oración quedó en el aire.

Un chillido aterrador lo interrumpió.

Andrés comenzó a maldecir y a correr, no me dio tiempo de preguntar por qué, corrí detrás de él, pero al llegar, la puerta del sótano ya estaba cerrada.

Lo escuchaba furioso, debía entrar, debía saber qué ocurría.

En silencio me colé por una pequeña ventana y me escondí.

Sin aviso, mis ojos se encontraron con unos pies descalzos goteantes de sangre.

Le faltaban los brazos, estaba casi transparente.

Seguía viva.

Antes de poder desatar el primer nudo, sentí su respiración en mi cuello.

—¡Es la chica de las Noticias!

—No, ella era la chica de las noticias —dijo Andrés cerrando la puerta tras de sí.

González Suárez, M.
(Turrúcares, Alajuela, 1996)

De aquello que no soy, siendo

Frente a ustedes no me encuentro. Sus miradas atentas disparan sombras por voz. En este preludio, sé que no soy. Sus ojos cegados leen a través de un manual. Posan cristales de barro. Me afirman mujer. Para ustedes soy "ella" por lo dado entre las piernas. Allí, es cuando no soy. Sus elogios a mis ropas maquillan la herida. Sus bocas, un tropiezo con la mía. Su tacto, una insistencia por hacerme cuerpo. Ahí, es cuando soy negada. Voy expuesta ante sus dedos que no rozan y palmean sin sentido. Mi letra camina sin verse. Nunca responden los gritos a deshoras y el tiempo es un calendario. Me requisan con sus figuras en cajas de cartón, ventas al por mayor y escudos de lo onírico. Al verme sin ser vista, soy negada. El único momento donde cruza un reflejo es cuando la soledad se abre paso en los cimientos, la pupila dilata en memoria y el roce enciende sin olvido. Ahí es cuando reconozco que soy, sin olvidar que no soy aquello, solo hay "un siendo" repetitivo como un eco: no soy yo.

Anama Rojas
(San Pedro, 1994)

El dolor es. Escabulle, humedece y agrede líquidamente. Puedo mirar, tal vez: la constante red, el arbitraje, las monedas, las amigas, el semestre, el anochecer blanco y café, con un blanco y un café; pero estoy tan inválida de omitir ser. Solo veo la misma ausencia entre objeto y sujeto, la misma falta de amor fatal. El silencio tan ruidoso de la angustia. El miedo seco, además. Los huecos de un segundo opaco son eternos y se me cuela la buena locura entre mis ranuras que invento. ¡Estoy escueta de razones y de verdades! ¡Estoy muda como sonido de invierno! Adentro: torres de sal que abandonaron al mar. La maña humana de cubrirnos de la lluvia, nos condenó el derecho de doler. Dolerse uno en uno por los siglos de las sábanas, sin rostros que le impriman fuerzas de calma. Estímulos e impulsos que marcan la cronología del antifaz: conseguir, ingerir, consumir, digerir, hacer sentir, hacer sentir. No siempre hay personas. Lenguas, hojas, látex, gotas, filtrar los límites del cuerpo, desatenderse, desentender. No siempre hay personas. Fuertes bromas de un incendio tan —yo quería nadar— furioso porque la mayoría de cosas que hago no las puedo justificar, no siguen un orden ni un mandato lógico para un bien real, no son parte de un plan premeditado, ni siquiera son decisiones las más —en tu mar— y el incendio solo avanza, al final. Pensé que abriendo el cuerpo desde otro lado podría decir algo que alguien necesita escuchar. Alguien que me resulte suficientemente atemporal. No sé, sé que tiene el cuerpo frágil y airoso, ágil de gozo, punzante, hermoso, simple y lineal. Pasión por lo misterioso, intriga por el dudoso, besos al contorno del ojo. Deseo inmoral es deseo carnal, es deseo cantar hasta encontrar algún punto de amar, porque estar joven me rompe y me provoca dar hasta agotar

73

para volver a llenar. Es lo natural, es lo natural, hacer sentir, hacer mojar.

¿No conoche San José de noche?

¡Qué manera! ¡Qué belleza! Cuando el tabaco cumple una función de marihuana obstruida y le parece a uno que se fuma un puro en vez de un *cáncer-stick* . Un momento tan solemne y reducido en su duración y en su frecuencia, merece al menos un minuto de consciencia. Caminando frente a la Asamblea, donde Merino Vive, Laura Cochinchilla, Arias Miente y las cicatrices de lucha adornan una pared milenaria; encuentro el fuego verde que prende la punta del cigarro sostenido en la punta de mis labios y observados desde la punta de un diminuto escándalo, me parece que es un falo, gritando obscenidades desde la otra acera.

Tan solo San José a las ocho y cincuenta. Maldigo como siempre la costumbre no escogida y no opcional de tener que caminar rápido y ágil cuando ando ya muy de noche. Pensamientos desquiciados de masoquismo juvenil me saludan, los ignoro en un jalón.

Pasando por la Plaza de la Democracia un pinta moreno y guapo me pregunta por un blanco y yo complacida en su amabilidad se lo ofrezco sin prisa con todo y caja porque era el último. ¡El cigarro de la suerte! Le sonrío y sonríe de vuelta mirándome a los ojos mientras sus dos amigos me ven el culo. Me percato de que nadie pasa por esa acera a esas horas, lo hacen del lado de las paradas de los buses, del lado de las boutiques de ropa americana e italiana, blanco li, verde ita, rojo ana. Pasa un Kia último modelo coquetito en su esplendor europeo mientras un indigente intenta defenderse torpe de su hambre, de dos gorilas disfrazados del Más por Menos que lo echan a patadas y yo sigo fumando.

¡La Santa Clara está abierta! Compro una dona por cinco tejas y la mordisqueo sin posibilidad de escapar a la capa brillante de grasa aceitosa josefina que se exprime en mi boca cual bukake, mientras me llevo el cigarro a la boca sin limpiarme. Mientras me sacudo las miradas que se me adhieren y mientras se acumula este preciso chepe extenso en mi nariz que todo lo olfatea, necia y extraña porque este mundo no me pertenece y yo ni siquiera me pertenezco a mí misma. Y, ¿cómo voy a huir entonces? ¿cómo deshacerme de algo que no es mío? ¿Cómo suicidarlo? ¿Cómo apresurar mi padecimiento existencialoide como trapezoide si no es fumando un cigarrillo inadecuado a las casi nueve de la noche?

Apresuradamente cruzo la calle y busco el menudo mientras el chofer del San Pedro-Universidad insiste en rugir el motor con el inminente objetivo de anunciar a todos la importante noticia de que él manda. Apago la chinga y la deposito en mi bolsillo, nunca boto las chingas al caño, ya suficiente daño le hice al mundo con mi humo maloliente y mi inutilidad. Abro la ventana para no ocultarme de esta turbidez josefina que me seduce extrañamente, quedan atrás empequeñecidos los que no tienen bus que abordar ni dinero para hacerlo.

¿No conoche San José de noche?, le dice bromeando un padre encorbatado a su hija bonita y blanca-seda cuando pasan al volver del teatro en un Civic del año. No conoche San Jose e' noche; se lamenta desde la cañería una madre color triste mostrando su sexo tan oscuro como las nueve mientras su hijo, a su lado muy paciente, se muerde el dedo… y sabe que tendrá que esperar.

Naomi Quesada Sánchez
(Pococí, Limón, 1996)

De revoluciones y palopisos

Usted sabe, limpiar el piso no es una tarea fácil, menos, cuando se tiene una casa grande y tan poco que la ocupe… Y es que, una se levanta temprano, lava el trapo, lo pone en el gancho y comienza a limpiar. Primero la sala, después el pasillo, luego se hace una pausa para lavar el trapo, se sigue con el pasillo, la cocina y otra pausa, para volver a lavar el trapo. Seguidamente, el corredor del frente, el patio de atrás y por último, los baños. Mi abuela siempre decía que los baños son lo último que se limpia en una casa.

Listo, suena como algo sencillo ¿verdad? Pero no, resulta que usted toma el trapo, lo acomoda en el gancho y limpia la sala, pero cuando avanza al pasillo se da cuenta de que, sin querer, se posó descalza en algún cuadro de la cerámica y tiene que devolverse y limpiar de nuevo la sala. Entonces, usted continúa y justo cuando va terminando el pasillo, se entera de que el abrillantador de pisos dejó unas manchitas blancas y que ahora tiene que irse a hacer un poquito de agua con cloro para quitarlas… Y usted sigue, si tiene suerte, hasta la cocina, pero en medio de eso pasará probablemente un abejón de mayo golpeándose contra las paredes para quedar tendido ahí, o una oruga babosa que nunca se volverá mariposa ¡y que solo se arrastra con el único fin de dejar un camino baboso a su paso y ensuciar el piso! Entonces, por un motivo o por otro, tiene que volver a limpiar. Pero nunca queda limpio, nunca queda completamente limpio, porque incluso cuando se observa que ya el piso brilla y el trapo que pasa queda inmaculadamente blanco, bastarán unos segundos para que alguna nubecita de polvo llegue volando y empiece a caer con una gracia y delicadeza que a usted hasta le viene en pena pasar el trapo húmedo tras finalizada tan bella muestra dancística de partículas. Así pasa el día, hasta que se viene la noche y usted tiene que recoger y decidir terminar la tarea la mañana del día siguiente porque las piernas ya le tiemblan y las manos secas se han enrojecido e hinchado. Y bueno, de pronto se da cuenta de que el día siguiente tampoco alcanzó, que los días se volvieron semanas, que las semanas se volvieron meses y que los meses se volvieron años… Y una sigue ahí, tratando de limpiar el piso. No crea que no me dan nostalgia aquellos tiempos en los que no limpiaba, cuando estaba chiquitilla, entonces era mamá la que se encontraba atada al piso sucio, a la casa sucia, una podía jugar, y más bien, era la que después de salir al jardín a recoger piedritas o flores, llegaba con las patillas sucias y empolvaba aquel piso blanco, obligando a mamá a tener que pasar de nuevo el trapo… Esto, es como una herencia, a una le heredan el palopiso y el piso sucio y la casa sucia. ¡No crea que a veces no se me ocurre a mí romper el palopiso a la mitad, que me voy de viaje por el mundo o escribo un libro o siembro una huerta o pinto un cuadro o crío un perro o un niño o un ave o construyo algo con estas manos callosas! Pero justo ahí, en ese momento, con el palopiso tomado de los extremos y elevado al cielo como una exclamación de revolución, miro al piso, descubro una manchita nueva y sigo limpiando.

Joselyn S. Rojas
(Río Segundo, Alajuela, 1995)

Silencio

Mi consultorio era una sala con paredes color marfil y dos sillones en cuero sintético color negro. El único adorno que había era un librero de madera repleto con obras de colegas muertos, sobre el que descansaban pequeños cactus en flor.

Sentado en mi escritorio junto a la puerta, recibí a Lucía, mi asistente, quien me comunicó optimista que era hora de iniciar con nuestra primera sesión del día. Mis manos hormigueaban ligeramente, por lo que creí haber utilizado durante demasiado tiempo la computadora.

Abrí la puerta y me golpeó su aroma inexplicable. Durante dos minutos, solo fui capaz de observar su vestido blanco flotar con ella hacia el asiento, que ocupó como si le perteneciera. Me quedé paralizado sosteniendo el pomo de la puerta, mientras devoraba sus detalles; la intensidad y limpieza de cada uno de sus colores, su piel, sus manos de uñas muy cortas y rosadas, sus labios, su cabello oscuro, sus enormes ojos que me miraban con la infranqueable expresión de una desconocida.

Concentré todas mis fuerzas en reaccionar acorde a las circunstancias, y hablando con la fuerza de mi diafragma dije:

—Un placer conocerla.

El hábito me hizo comprender que mi voz había resonado por la habitación, y sin embargo ninguno la escuchó. La atmósfera, el aire, la luz, todo se había fundido con ella.

Me senté donde correspondía y dije con un poco más de tranquilidad:

—Lía, ¿qué la ha traído por aquí?

Silencio. Lía no se movió, me encontré preguntándome si era realmente humana y no una pintura, de inmediato me burlé de tal idea. Sus ojos miraban directo a los míos sin ninguna vacilación, aun así parecía rejega al extremo de ignorar mis comentarios.

Silencio. Mi corazón latía deprisa, mis manos sudaban. Tal vez mi voz era trémula y no le infundía la confianza para empezar una conversación. Mis esfuerzos por mantener una postura profesional parecían funcionar, pero podría solamente ser una ilusión.

Habían pasado quince minutos de la sesión y no logré pronunciar nada más, me quedé inmóvil tratando de controlar mi excitación, orando para que ella rompiera el silencio y me permitiera pensar en algo más que su aroma, el calor que exhalaba, su aliento, su piel… A las 10 en punto, se levantó de su asiento y se fue.

Mi siguiente paciente, Marion, era una mujer con la que había trabajado cerca de dos años. Al entrar al consultorio me miró de soslayo y dijo:

—¿Se encuentra bien? —sonreí y asentí con un gesto vago y seguro al mismo tiempo. Marion satisfecha confió en mi respuesta y se sentó.

Le tomó dos palabras empezar a llorar, pero su voz fue acallada por el silencio de mi paciente anterior.

—¿Doctor? ¿Doctor? ¡Don Allan!

—¿Perdón? Marion, lo lamento. No puedo atenderla, no me siento bien. Por favor discúlpeme por hacerla venir hasta aquí, no es necesario que pague esta sesión.

Marion secó sus lágrimas y vaciló un instante considerando la emoción que debía expresar ahora. Finalmente se decidió por la resignación, y dijo a secas:

—Sí doctor, claro… no se preocupe, espero que siga mejor.

Salí tras ella y le pedí a Lucía que cancelara mis posteriores citas.

—Puede irse después de hacerlo, muchas gracias por su ayuda.

Mi asistente tardó veinte minutos en los que me dediqué a analizar lo que me sucedía:

—Lucía, ¿no nota algo raro en el ambiente?
—¿Raro? ¿Raro cómo?
—No lo sé, en el aire, hay cierto olor particular en el ambiente ¿no le parece?
—No señor, no percibo nada diferente. ¿Le gustaría que lo acompañara al médico?
—No, no es necesario. Gracias. Disfrute de su tiempo libre. Nos vemos.

Lucía mal vistió su emoción al escuchar "tiempo libre" con un "por favor, cuídese" y se retiró.

El silencio acarició mi espalda. Corrí por todo el edificio. Canté y grité con todas mis fuerzas. Silencio. No lograba escuchar nada, y sin embargo no estaba asustado. Sabía que mis oídos funcionaban porque podía escuchar su silencio.

Sonó el teléfono de mi asistente fuerte y claro, corrí torpemente a contestar la llamada.

—Aló buenas tardes, consultorio de Allan Vega. ¿En qué le puedo ayudar?

No oía nada, ni una respiración, ni un sonido de fondo.

—Hola Lía, ¿cómo está? —expresé sorprendido—. Eso depende de cada paciente, pero considero que la primera consulta siempre es una de las más difíciles. La invito a volver y comenzar de cero. No se preocupe, no le cobraré.

¿Qué pensaría Lía de la ansiedad en mi voz? ¿Se sentiría satisfecha de mi vulnerabilidad?

—Estaré aquí hasta las 7:00 pm, si lo desea y tiene el tiempo, puede venir.

Del otro lado de la línea colgaron el teléfono e intenté recostarme a esperar, sin embargo, me encontraba demasiado nervioso para quedarme quieto, así que me extendí en el suelo para hacer abdominales. Estaba haciendo mi segunda serie cuando sonó el timbre.

Me levanté con tranquilidad y respiré lo más hondo que pude. Estiré un poco los músculos de la espalda para parecer relajado al menos al recibirla. Caminé resuelto y con una sonrisa saludé:

—Hola Lía, bienvenida.

Lía entró decidida y me apartó con un ligero empujón. Su mano ardía. Voló hacia mi oficina y se sentó en su sillón. Cerré la puerta tras de mí y me senté en mi puesto.

Ya no me importaba ser profesional. No me interesaba si ella quería verme como su psicólogo o como su perro. La miré sin vacilación a los ojos y con una fuerza de espíritu renovada exclamé:

—Puede empezar cuando guste.

Silencio. Una vez más el silencio me anuló. Lía ladeó la cabeza y me dedicó una sonrisa sincera. Sentí cómo mis ojos se abrían deseando no perderse ni un detalle. Posteriormente se levantó, y rápidamente se despojó de su vestido.

Caminó completamente desnuda hacia mí, su sonrisa se volvía cada vez más sincera y más misterioso su motivo. Me sentí regocijado ante el espectáculo de belleza que se me ofrecía y sentí mi sonrisa exhibida igual a la suya. Se sentó a mi lado y colocó sus labios sobre los míos.

No tardé mucho tiempo en desvestirme también. Mis manos recorrieron desesperadas cada rincón de su cuerpo, y calculadamente las suyas el mío. Sentada sobre mí mientras coordinábamos el movimiento de nuestras caderas, me permitió sentir el clímax dentro de ella. Cerré los ojos pleno y extasiado como nunca, suspiré.

Al abrir los ojos, descubrí que Lía lloraba con suma tristeza. Me paralicé boquiabierto sin entender por qué lo hacía y sin saber qué hacer al respecto. Ella aprovechó para introducir uno de sus dedos en mi boca. Introdujo su mano, el antebrazo, y todo su cuerpo poco a poco; hasta que solo fui capaz de ver los dedos de sus pies bajo mi nariz. Lo hizo sin esfuerzo. Mi interior no se perturbó por su llegada, y sentí el proceso como una experiencia tan natural como el orgasmo de segundos antes. Intenté cerrar nuevamente mi boca, pero ésta ya no me pertenecía. Junto con ella, se revelaron mi lengua y mi garganta, y en sincronía exclamaron:

—Te extrañé mucho.

Me sentí infinitamente arrepentido de haberme traicionado tan fríamente a mí mismo y no haberme dado cuenta en tanto tiempo. Cerré los ojos con fuerza, y golpeándome las piernas con cada maldición, me abandoné al llanto hasta dormirme.

Al día siguiente, me despertó la sacudida violenta de Lucía a la que recurrió al creerme muerto por no responder a su voz. Ningún profesional de la salud logró descubrir la razón de mi sordera. No culpo a mi imaginación por quitarme mi sentido más preciado. Era necesario. Considerando el estado en el que me encontraba, solo así hubiera regresado.

Alexa Calderón
(Santo Domingo de Heredia, 1985)

En búsqueda de Eigenart

Atravesó la gruta y pudo ver de nuevo aquellos campos y sentir la brisa fresca que eriza la piel; inhaló una bocanada de aire tan puro que le dolía el pecho. Sintió el olor a tierra, paz, amor… dolor. Aspiró vida, la vida que lo hacía volver al hogar, a la pasión más aguda, regresó a Eigenart; de pronto, la pelea callejera de unos vagabundos lo despertó del letargo. Yacía sobre su cama, mirando el techo de su apartamento, ubicado en el 5° piso de la Calle Rioja, suspiró decepcionado, estaba empapado en sudor. Se levantó y al asomarse por la ventana, vio las luces de las ambulancias a lo lejos, pensó: "¡Repugnante ciudad! ¿Cómo es posible que hayan pasado catorce años?" Contempló su guarida de cinco metros cuadrados, el reloj de pared marcaba las cuatro de la mañana; preparó una taza de café, saboreó el primer sorbo y examinó su bitácora de viaje, pasó las páginas amarillentas donde había descrito cada trayecto, desde Tallin a Barcelona, pasando por Riga, Vilna, Berlín, Praga, Viena, Múnich, Fráncfort, Ámsterdam, Bruselas, Londres, París, Milán, Roma, Mónaco, Andorra. Ese día, estando en Zaragoza se propuso lograrlo.

Allein emprendió su camino hasta la estación del metro, hizo fila por unos minutos frente a la dispensadora de tiquetes: "Tal vez tope con suerte, después de todo, las entradas son temperamentales, no se puede saber dónde, ni cuándo aparecerán", dijo mientras instintivamente introducía las monedas.

Abordó temprano en el Parque Goya, y a pesar de que aún había asientos desocupados en los vagones, se quedó de pie frente a una de las puertas de salida; se bajó en la siguiente parada, la del Politécnico, recorrió cada espacio, y tras dos horas de búsqueda, no la halló, así que continuó su viaje. En la Plaza del Pilar, después de dieciséis horas de búsqueda continua, veintiuna estaciones —entre vagones llenos, vendedores ambulantes ofreciendo dulces, linternas y muñecos, algunos gitanos que leían la fortuna, y el dolor que le provocaban las heridas de su pierna izquierda, causadas durante el combate de la cosecha del kuz—, Allein dio por finalizada su exploración del día. Estaba a tres kilómetros de su apartamento, por lo que decidió tomar un taxi; ya en su hogar, comió un emparedado mientras escribía en su bitácora todo lo acontecido, seguidamente miró el noticiario y se durmió.

La alarma sonó a las cinco, y como todas las mañanas, tomó su café y trazó su ruta, caminó hasta la estación de la Avenida Madrid; ese día sintió algo diferente, el dolor de su pierna se volvió más agudo; ya se agotaba el dinero que había logrado conseguir haciendo trabajos de albañilería. Habían pasado los años, miles de subterráneos y ni una sola señal. Recobró los ánimos y llegando a la estación descendió hasta el último piso, miró atentamente el escenario y lo estudió. A su derecha, dos policías ferroviarios estaban ayudando a un grupo de turistas de la tercera edad, a su izquierda, la gente miraba ansiosa las pantallas que anuncian el arribo de los monstruos de metal, caminó lentamente sin llamar la atención.

La máquina estaba allí frente a él. Apareció una marejada de gente que intentaba entrar y salir de los vagones. Para disimular, dejó caer unas monedas que justificaban la pérdida de su transporte. Cuando se despejó el andén, alzó la vista y el panorama le ocasionó un ataque de euforia; del otro lado de la vía, observó un pasadizo oscuro. Sigilosamente recorrió con la mirada el espacio, los policías ya se habían marchado, al igual que los pasajeros restantes, así que cruzó rápidamente las vías e ingresó por la abertura.

El lugar estaba totalmente abandonado, al fondo se escuchaba el sonido del correr del agua. Al final del túnel distinguió una escalera que descendía unos pisos, decidió bajar y al final divisó un arco, lo cruzó y se revelaron los restos de un antiguo andén y una vía férrea oxidada. Un viento fuerte que provenía del norte lo empujó hacia un lado del pasillo, haciendo que se estrellara contra una gran pared de piedra; al amainar el vendaval, vislumbró las estelas de Eigenart; examinó los bordes de cada una e intentó abrirlas introduciendo un objeto de metal y apalancándolo; pasaron las horas, pero el esfuerzo fue inútil, finalmente se sentó a descansar por un momento. Al levantarse pudo ver, en el espacio que desempolvó con sus ropas, talladas sobre la pared, las palabras "unique valebat ut viator domus tuae" las cuales recitó; en ese momento el monolito se abrió. La luz intensa que entró al abrirse las puertas lo cegó por un instante, pero al acostumbrarse a ésta avanzó decidido; en aquel lugar cuatro enormes guardias lo abordaron, Allein alzó sus brazos, uno de ellos, de una altura sobrenatural, lo ató de manos y lo condujo a la cámara de Tullâh.

Llegaron a una sala semicircular elaborada con granito blanco, en sus paredes se encontraba la historia del pueblo, con incrustaciones de piedras preciosas; en la mitad de la sala estaba una esfera color negro, con muchos puntos luminosos centelleando, giraba mientras flotaba a unos cincuenta centímetros del suelo. Justo en frente de la entrada estaba el tabernáculo de piedra oscura; a los alrededores de la sala las graderías estaban ocupadas por unas cincuenta criaturas vestidas en su totalidad de blanco, pero aquel espectáculo no logró desconectarlo del sinsabor de su incierto porvenir: "Fue mi elección".

Se abrió una puerta e inició una procesión de seres dorados de pies a cabeza, muy altos, con báculos de madera, que caminaban lentamente hasta situarse en el primer escalón de la tribuna. A continuación desfilaron figuras semejantes a las anteriores, pero con vestimentas negras y grandes lanzas, éstas rodearon el semicírculo en el nivel inferior, todos se pusieron de pie al ingresar Tullâh Ilargīa, una radiante fémina, alta y garbosa, piel morena y brillante, con cabellera negra, larga y lacia, ojos gris claro, enmarcados por unas cejas gruesas y perfiladas; vestida de blanco y con un manto azul cobalto reposando sobre los hombros; sus manos, cintura, pies y cuello lucían bellas alhajas, una corona en forma de luna descansaba sobre su cabeza, y una nariguera cubría su boca.

No caminaba, flotaba, igual que aquella esfera. Se posicionó frente al trono de piedra, su mirada penetrante se fijó en él, y con una voz dulce, pausada y reflexiva, dijo:

—Allein, nos honras de nuevo con tu visita, sin embargo, recuerdo que habías sido condenado al exilio.

Allein, bajó la cabeza pensativo.
Ella continuó:

—No creí que fueras tan incivilizado, deberás de pagar por tal proceder y lo sabes.

Luego dirigió su mirada hacia uno de los súbditos que se encontraban a su diestra, y exclamó:

—Crisam, ¿cuál es el castigo que se debe aplicar según la ley de Tullâh?
—Su eminencia —respondió el—, la ley de Tullâh señala que cualquier exiliado no indultado, debe dar su corazón y su cabeza en sacrificio…

Una voz cortó las palabras de Crisam, gritando un imponente:

—¡No!

Allein volteó la cabeza hacia la entrada de la sala y la vio; Izvora, como siempre lucía radiante. Sus cabellos, azul oscuro, resaltaban el marrón de sus ojos y lo cetrino de su piel.
Los guardias trataron de detenerla, pero Tullâh Ilargīa ordenó que la dejaran pasar, y dirigiéndose hacia ella le dijo:

—Izvora de la casa de Drēnjim, te presentas aquí de nuevo,

veo que esta vez sí tienes algo que decir, no como hace unas cuantas lunas, que callaste tan vigorosamente.

Izvora, respondió:

—Señora mía, debe escucharme. Es cierto, en aquel entonces sentía miedo, pero también es conocido por todos que fui forzada a callar por la carga a que mi propia vergüenza me sometía. Sin embargo, mi señora, otórguele a este hombre la absolución de sus culpas, no por mí, sino por nuestro hijo.

Al oír esto, Allein quedó atónito y balbuceó:

—¡Un hijo!

Izvora continuó:

—Tullâh dictó en su ley que cuando hubiera una fecundación entre una residente de su tierra y un forastero, y bajo el consentimiento de ambas partes, el forastero podrá cohabitar como un poblador autóctono.

Tullâh Ilargīa analizó sus palabras, después se dirigió hacia Crisam, quien asintió con la cabeza, y procedió resuelta:

—Allein, por la ley de Tullâh, yo…

Fue interrumpida por Tumler:

—¡Señora, no debe! Usted sabe bien que este hombre fue sentenciado por ultraje.

Izvora alzó la voz:

—No es cierto, él nunca me forzó, yo accedí. En aquel entonces, me sentía presionada y amenazada por Tumler, él fue el culpable de mi silencio, dijo que si hablaba convocaría a los Hovís con el poder del Scope, además me dijo que sabía el secreto para que ellos eliminaran a mi familia.

Tullâh Ilargīa miró atentamente a Tumler y con una señal, hizo que los guardias lo llevaran al frente del Scope. Ella se levantó de su asiento y avanzó hacia él. De pronto, una luz salió de sus entrañas e ingresó en el globo que se tornó de un color blanco. Luego de unos minutos, abrió los ojos y lo miró fijamente. Conforme pasaban los minutos Tullâh arqueaba cada vez más su garganta y estómago, parecía que iba a regurgitar. De repente volteó la cabeza hacia el Scope y mientras una bola de luz grisácea salía de su boca, finalmente dijo:

—Tumler de la casa Conte, los Hovís me han mostrado tu interior, aversión es lo que siento, por tu traición; parte de tu alma ha sido trasferida al Scope. Yo Tullâh Ilargīa ¡te condeno!, serás repatriado al pueblo hermano de Cabote.

Tumler, quedó paralizado. El Scope resplandeció mientras una sombra negra se aproximaba y lo arrastraba hacia la oscuridad; se escuchó un crujido, la luz llenó la sala cegando por unos minutos a los espectadores, y nuevamente la esfera volvió a su estado natural.

Crisam interrumpió el silencio que dejó aquel evento:

—Señora mía, ¿qué pasará con Allein?

—Allein, veo tu tenacidad, pasión por Eigenart y amor a Izvora Drēnjim, así que serás recompensado con el indulto; pero deberás demostrar que eres parte de nuestro pueblo primero, por lo que al anochecer de este día los guardias te llevarán al monolito de nuestro ancestro Tullâh, donde uno de los hombres de la casa Conte te azotará cincuenta veces, este será el sacrificio por el espíritu de Tumler. En lo que respecta a la casa

Drēnjim, tu deber es trabajar como uno más de nosotros ¿estás preparado para dejar tu casa hasta el fin de tus días, y cumplir con las leyes de Eigenart?, te recuerdo que no podrás volver a la civilización a la que perteneces.

Sin el más mínimo temor en su voz, Allein respondió:

—¡Oh gran señora mía!, estoy dispuesto a todo con tal de estar con mi familia.

Tullâh Ilargīa ordenó a los guardias que lo liberasen, Izvora se abalanzó sobre él; mientras tanto, entre la multitud un joven se abría paso, al fin conocería a su padre.
Izvora agregó:

—Este es tu hijo, Gregor; hijo este es tu padre, Allein.

Ya en el monolito de Tullâh, uno de los hermanos de Tumler, azotó a Allein, en presencia de todo Eigenart. Allein, notoriamente herido y ensangrentado, fue llevado a la casa Drēnjim, donde curaron sus lesiones; entre tanta conmoción el sueño se escabulló, el sol se ocultó anunciando el momento de descansar. Esa noche Allein reposó cerca de su amada, la búsqueda incesante dio su fruto, estaba en casa.
Gregor, quien poseía todo el brío de la juventud, corrió hasta el monolito donde hacía unas horas habrían azotado a su padre, se arrodilló frente a él, y con los ojos cerrados pidió a Tullâh, madre de Eigenart, que le permitiera conocer el lugar de donde provenía su progenitor. Tullâh le respondió:

—Querido hijo de Drēnjim, yo te concederé lo que pides, pero aún no es tu tiempo, ese mundo es cruel, y muy diferente al nuestro, te corresponderá prepararte adecuadamente, cuando estés listo, vuelve aquí.

El joven, decepcionado, se dirigió hasta la sala de juicio, aproximándose al Scope, cerró los ojos y de su ser afloró un cántico en una lengua antigua, desconocida para él, mientras, la esfera se volvió brillante, y una voz que provenía de ella dijo:

—Querido hijo de Drēnjim, yo te concederé lo que pides.

Entonces un relámpago azul salió del Scope, halándolo hacia sus adentros.

Cuando el joven abrió los ojos, estaba en un sitio oscuro y cerrado, tirado sobre unas estructuras de hierro oxidadas, una vibración fuerte y desconocida, seguida del estruendo del roce de metales, le tomo desprevenido; divisó un arco, al aproximarse distinguió unas escaleras, subió unos pisos, y con cada paso la luz se hacía más intensa. Al final del pasadizo, vio un gran corredor lleno de gente vestida de forma extraña, y una voz replicó por todo el espacio "Bienvenido a la estación Avenida Madrid". Allí inició su viaje…

Adriana Marín Sandoval
(San José, 1993)

Portarretratos vacíos

Desde que llegamos, el tintineo de la cuchara me refleja la culpa atascada en la garganta. La mesera pregunta nuevamente, si necesitamos otra cosa, la ignoramos. Mientras limpia las mesas alrededor, nos mira fuera del tiempo y del bullicio de la cafetería.

Cargamos con grandes sombras dentro de rincones que ni siquiera conocemos. Parece fácil decirlo, pero heredamos una enfermedad de nuestros padres, el miedo a perder la libertad. Teníamos veinte y aun así, fue inevitable que esa enfermedad no nos alcanzara.

Antes de morir, mi abuela me pidió dos cosas: no entrar a los cementerios y casarme antes de cumplir los 25. Lo hice. Aunque hoy vestimos de negro… No, no se enoje, déjeme explicarle. Los cementerios están llenos de energías malas. De niña aprendí a cerrar los ojos para no ver las tumbas y mucho menos asomarme a la caja.

Yo sé que debí verla, entienda, prefiero recordarla cálida y abrazada a mi vientre. Sé que el ratón le comió la lengua y se agotaron los posibles naufragios entre escuelas y reuniones. Solo nadamos con brazos extendidos, gritando bajo el agua y sin poder ahogarnos.

¿Qué dedicatoria pongo en la lápida? Inventé recuerdos, sus grandes virtudes, pese a que me tirara la puerta del cuarto cuando se enojara, o se olvidara de besarme en la noche. Ella sería generosa, con una sonrisa radiante. Llegamos aquí, para que me ayude, y usted sigue callado como desde ese viaje al hospital.

Hace dos noches, veíamos la misma serie de todos los días. De alguna forma cautivante, mi estómago crecía con los meses y vencíamos la enfermedad. Usted, con su tímida sonrisa me acariciaba, recordamos estar enamorados.

Debíamos velar por alguien más, pese a que eso implicaba que eventualmente nos alejaríamos, y nos daba miedo.

¿Recuerda aquella discusión? Durante el embarazo me daba mucho sueño, ese día solo debía comprar la pasta dental. Fui al supermercado y desde que ingresé no pude recordar para qué iba. Luego de caminar por los pasillos compré unas galletas y un refresco. Hubo tardes en las que podíamos comunicarnos.

Esa pelea nos obligó a dormir en camas separadas, fue la única vez durante los nueve meses. A las dos horas de llorar sola, llegó usted, con un té. Dormimos como una familia, eso fue lo más cercano a tener una.

En medio del silencio que se aloja en el café, en nuestras manos lejanamente entretejidas, hay una tranquilidad. Teníamos miedo de hacer algo mal. Durante las madrugadas lo escuchaba desvelado, yo fingía dormir para no tener que enfrentar una verdad que cada vez era más asfixiante. Nos daba miedo un contrato para toda la vida. Nadie es capaz de medirlo.

Usted odiaba que yo fingiera dormir, lo sé. Siento haber cerrado esta puerta. Ahora mi vida no sería la misma, sería madre y no tendría identidad propia.

Odiaba cómo me veían los vecinos, con una ilusión y esperanza en medio de tanta mierda que pasa en el mundo. Como si parir fuera un acto de rebeldía, cuando más bien era yo valiente por heredar una humanidad destrozada en guerras y contaminación.

Todo esto ocurría cuando secretamente intercambiábamos una mirada de cansancio y declarábamos que no queríamos firmar con sangre este contrato a largo plazo.

La sentía moverse cada vez más fuerte. Lloré en el baño varias veces porque sentí una felicidad absurda y placentera. Lloré por miedo a ser feliz, por tener a alguien más que dependería de mí, no estaba lista pero parecía que sí. Lloré y lo admití: "quiero".

Antes de llegar aquí llamé a un orfanato para donar todos los regalos de la fiesta y la recepcionista se puso a llorar cuando le conté mi historia. "Señorita, no llore. Yo estoy viva". A nadie le importó, solo soy una vía y eso me priva de mi real identidad, de tener un nombre, pues solo soy madre.

Nadie se acercó y me preguntó por mi miedo a la muerte. Me quedé con un desgarre, el alimento en mis senos, las manos vacías. No había llorado desde esa madrugada, cuando me inyectaron un medicamento para adelantar el parto. Mamá llegó con la ilusión en la boca, pensó que iba a conocer a su primera nieta, nadie le advirtió…

Se hizo medio día y el dolor era cada vez más agudo. Parto natural, la cirugía no vale la pena murmuraban y yo me escondía en el sudor de clamar a la vida esta desgracia. Nacemos por el dolor de otra, la vida desde su primer segundo está condenada a ser laberíntica e irónica.

Durante horas estuvimos encerrados en el cuarto del hospital. Cuando mamá pudo entrar al sobornar al guarda, sonreía; quería saber los nombres que habíamos pensado. Nunca dijimos uno. Desde antes lo sabíamos, sin nombre las cosas no pueden existir.

"¿Que le hicieron a mi nieta? Malditos asesinos, ¿cómo lo hicieron?" ¿Cómo lo hicimos, amor? Todavía no entiendo. El bebé por naturaleza desea salir y con la ayuda de la madre la tarea resulta más llevadera porque aunque duele se hace en conjunto, es más doloroso cuando se debe parir a un ser muerto.

No contaba con ayuda, ni siquiera en ese momento. "Mami, pero yo voy a estar bien, no la maté". Aun en medio del sudor de la camilla, se atrevió a cachetearme y usted guardó silencio. En el fondo sabíamos que éramos los culpables, al no ponerle nombre declaramos su no existencia. No quisimos imponerle la misma privación de libertad.

La posibilidad de tener más hijos estaba abierta, según las condolencias de los demás. Pero tengo miedo de ir a la cama hoy con usted y soñar con los hijos que no tendremos. Tengo miedo de no poder llorar con una foto familiar. Tengo miedo de que se nos acaben las fuerzas y la muerte nos haya vencido.

El doctor insistió en que firmáramos la solicitud. Mientras, la psicóloga hablaba de unas fases y decía que "es importante para ustedes saber la verdadera razón, por la cual sucedió esta tragedia. Se avecina un proceso muy difícil y este es el primer paso para que como pareja puedan seguir adelante". Quería que se tragara las palabras. Dígame, no teníamos un nombre, ¿nos interesaba saber de qué murió? Necesito que alguien me explique lo que nos pasa.

Volvamos a aquella madrugada cuando nos conocimos para no ser presos de las dos horas, de las palabras que ahora no vale la pena gritarse, ni por la pasta de dientes, ni por la muerte de nuestra hija.

Quiero que me mire y me diga cómo la imaginaba, que me libere de toda culpa. No hace falta llorar en silencio y ocultar la vergüenza. No queríamos contagiar a nadie más. Me asusta mucho que usted se vaya. Es más grande el amor por nosotros y nadie se merece escucharnos llorar, ni gritar por lo infelices que somos cuando, ya viejos, lleguemos cansados del trabajo. No es justo culparla a ella porque nadie pidió tregua para nosotros. Es un acto de bondad, de un amor que no se puede comprender, porque amarla así a ella, es amarnos a nosotros.

Nos convertimos en unos pequeños monstruos. Pese a que no impedimos su nacimiento. Usted lo sabe bien. Somos culpables al no sentir culpa de la pequeña caja de madera. No es prohibido querer huir de vez en cuando y aunque nos duela, porque sí, nos duele en las esquinas quebradas de los huesos, nos duele tragar, nos duele en las uñas y en el cabello. Nos duelen los pequeños calcetines, su cabecita que cabía en nuestras manos.

Luego de implorar que nos retribuyan un poco de aliento para tener el valor de mirarnos, de ir a trabajar y escuchar los susurros, las miradas de reojo de los vecinos, cuando salga a comprar el pan y no haya un ser humano más para sufrir en este planeta. Nos dolió firmar los papeles, no quiero pensar en que lo planeamos en esas madrugadas, discretos y sin saberlo. Pero ahora, ahora quiero olvidar. Alzar una revolución para que alguien en medio de este tumulto halle las palabras precisas para entender. Lo importante es que se pueden pedir otro en cualquier momento, y cuando crezca le cuentan esta historia triste, para que siempre recuerde a una hermanita que no tuvo los privilegios que él. Los portarretratos quedaron vacíos, no hay recuerdos que mostrar a las visitas, ni anhelar tiempos pasados.

Y aunque no entro a los cementerios, quiero sembrar con mis lágrimas el amor que nunca le podré dar, las palabras que se quedarán en mi memoria y el "te amo" que susurré cuando la tuve en mis brazos. Suelo llorar cada instante sin entender qué pasa. Seguimos en el mismo café desde hace dos horas, usted no se atreve a mirarme y la lápida no tiene el mensaje.

Cuando la mesera vuelva, le preguntaré a ella: "¿Qué escribo en la lápida de un anónimo?" Que ella se lleve la cuchara para dejar de ver la culpa y descansar de esta pesadez, de las horas que nos hemos anclado a llorar, porque el olvido dejó de ser un acto de rebeldía.

Solo queda un camino de ahora en adelante. Asumir el reto de envejecer con este dolor acunado en un recuerdo casi borroso; hay que dejar a los muertos descansar en paz. Si envejecemos con una caja de pañales escondida en el cuarto, será nuestro secreto.

Guardaremos en el sótano de la casa las cartas de cumpleaños, los regalos que nunca entregaremos, mi vestido de boda, que nadie usará. Vamos a bajar cada cierto tiempo para quitarnos de encima el polvo que se acumule por la bruma de la casa vacía.

Durante esas madrugadas desvelados nos encontraremos en el sótano, ya no voy a fingir. Sonreiremos con pesadez, intentando salvar nuestro amor, pues el dolor es lo único que nos va a permitir salir adelante.

Nos miro, amor, con las canas sobre los hombros. Comprendiendo que los años no curan una pérdida así. Guardaremos este secreto y en nuestra lápida nadie escribirá.

¡Qué ironía!, ¿no? Sin existir, mire los problemas que nos causa. De existir, ¿no hubiera sido peor? Anónima nos dejó cansados, con las madrugadas vacías, con el eco de los gritos, acobardados, viejos y roídos. Con un cuarto vacío y la ilusión. Nos dejó la silla para el carro, los pañales ecológicos, la leche enlatada, nuestro matrimonio. Nos dejó la ropa estirada, la tina de baño, las lágrimas en la almohada y las justificaciones para no ir a los cumpleaños de la familia. Egoístas los tres, por desear que muriera y por morir en mi vientre, y convertirme en el oxímoron más monstruoso de la humanidad: dar vida a la muerte.

Me miró, luego de horas:

—¿Y si la dejamos en blanco?

¿Consejo de madre?

Ella era preciosa, tenía unas caderas anchas que delineaban la apertura a unas piernas firmes, equilibradas con unos pequeños pechos ocultos bajo la blusa holgada. Desde que la vi no dudé en invitarla a salir. Me contó que era aficionada a la cocina, mentí un poco y dije que me gustaba cocinar de vez en cuando; ella no sabía que todo se reducía a freír un huevo o calentar la comida congelada.

Un viernes en la mañana me invitó a su casa, sus padres no estarían al día siguiente. Seguramente, el postre sería servido a pequeños sorbos sobre sus pechos, eso esperaba yo. El sábado me recibió con un vestidito que resaltaba sus nalgas, de esos que quedan voladitos, apenas para que haya un ventolero y… bueno, ya sabe.

Me dijo: vamos a cocinar falafel, no tenía la puta idea de qué era eso. Va a ser vegano y sin gluten. Yo me podía comer una vaca cruda, algo sin carne me resultaba aburrido, pero valdría la pena hacer esa comida al estilo millennial, saludable, sin contaminar ni maltratar a ningún culantro.

Me extendió su brazo, "Póngaselo", era un delantal con un mostacho al frente, "es de papi". El de ella era espantoso, pero cuando se volvió y le vi de nuevo las nalguitas paradas, me puse el delantal, así como Aquiles su armadura antes de salir a luchar.

En la isla de la cocina tenía todos los ingredientes perfectamente separados, todo estaba limpio y brillante. Me dijo, "descargué una receta de frenchcuisine.com. Todos los productos que vamos a usar son orgánicos, sin pesticidas".

"Vea aquella gaveta, tráigame las medidas de las cucharaditas, por fa. Solo eso nos falta para empezar". Con cara de tonto fui y las tomé. Cada ingrediente estaba estratégicamente ubicado, según su particularidad. También había un orden para revolverlos, pasarlos a la olla, a la licuadora o a lo que fuera. Me sentía a punto de hacer una cirugía, me daba miedo cortar mal la cebolla, que una hoja de culantro cayera al piso o que un puta garbanzo saliera volando cuando intentara cortarlo.

Pesó meticulosamente los 500 gramos de garbanzos, mutilaba a otros hasta poner los pedacitos que dieran la medida exacta. Debíamos pesar el perejil, cada rama debía contener la misma cantidad de hoja. Así pasó hora y media, yo veía mi ansiado postre derretirse, sin sabor, ni textura alguna.

Mientras se horneaba el falafel, había que preparar la ensalada, cortar los tomates en rodajas exactas, igual el pepino y la zanahoria. "Todavía le faltan 10 minutos al falafel". Me extrañó que no me dijera los segundos. "Vamos a ver algo de tele". Yo estaba agotado, todo fue muy ordenado, minucioso y limpio.

Antes de sentarnos debíamos guardar el delantal y lavarnos las manos. Pensé que podría acercarme un poco, ver si todavía me apetecía un poquito de esos pechitos. Ella se acostó sobre mí, pendiente de no mostrar mucho de sus piernas. Busqué la manera meticulosa de acercarme, de besarla, pero mis manos groseras no conocían formas menos sutiles, más que no fuera tomarla por el frente y ya.

Mamá siempre decía que la mujer que es buena cocinera, es buena en todo. Y recordé a las mujeres de las sodas del mercado central, en especial a una morenita bien guapa, que me sonreía cada vez que iba a tomar café, la veía lavando una pila enorme de platos o preparando la carne para las empanadas, que sabían deliciosas. Mientras cocinaba el sudor le bajaba por el cuello hasta perderse entre sus pechos; pensaba cuál sería el recorrido de esa gota atrevida, seguro bajaba hasta su ombligo. La imaginaba encima de mí, gimiendo de placer; y con la fuerza con la que la veía levantar las palanganas de platos limpios, sus brazos fuertes me tiraban cual hoja de papel a una cama y sujetaban mis muslos para hacerme sexo oral. A esa morenita hermosa nunca hubiera pensado en invitarla, pero me gustaría corroborar esa teoría de mamá.

Y si mi mamá tiene razón, por más rico que ella tenga las caderas que hacen una curva perfecta hasta dejar el trazo en la puntita de las nalgas, cocina muy meticulosa, no le vi una sola gota de sudor. En cambio a la morenita yo le pedía una empanada de papa con carne y me decía: "ya se la preparo, mi amor". Diez minutos después volvía con el botón de la blusa abierto, la gota de sudor y mi empanada.

Seguramente ella no iba a improvisar el falafel, no iba a improvisar nuevas formas para sentir rico, al menos que un libro de algún sexólogo conocido lo dijera. "Faltan tres minutos", me dijo. La miré y pensé, ¿acaso cuando está a punto de venirse dice: "Me voy a venir en 3 minutos y 20 segundos"? ¿Tenía calculado el momento exacto para tener el orgasmo? Y si no lo lograba, ¿ya no lo seguía intentado?

Seguro para quitarle la ropa había un manual estricto: primero los zapatos y las medias, continuando con la blusa y el pantalón, el brassier y por último el calzón. Luego, durante dos minutos exactos puede acariciar los pechos, si quiere morder o masturbarse con ellos debe considerarse fuera del tiempo estimado y solicitar permiso a ambas partes. Posteriormente, puede introducir sus dedos en la vagina, suave y uno a la vez. Para realizar sexo oral deben de lavarse antes los dientes, desinfectar el área vaginal o el pene con jabón. Para finalizar, puede penetrar constantemente a la mujer, pero debe hacerlo en una posición y solicitar con antelación el cambio, solo se permiten dos poses diferentes. El tiempo exacto para alcanzar el orgasmo es de 8 minutos y 46segundos. Si no se alcanza en ese periodo, deben descansar y continuar otro día.

Un ruido me distrajo, ya está, era la alarma de la comida lista. Serio y callado, le dije: me tengo que ir. Salí corriendo, atrás una lista perfecta de improperios. Llegué hasta el mercado, ahí estaba la morenita, con una blusa de tirantes, uno caído por el ajetreo. ¿Qué le sirvo mi amor?

"Lo que usted quiera".

Karen Monge Cascante
(Pérez Zeledón, 1992)

Cocodrilos Tropicales

5 de octubre de 2017

Nací en un país tropical… lo cual implica… mucha lluvia. En cuestión de horas, un frente frío, con las condiciones requeridas (e impredecibles), podía convertirse en una depresión tropical, tormenta o huracán. Más aún, nací en un pueblo extremadamente tropical, propenso al insilio y aislamiento cada vez que llueve.

Vivir entre los Trópicos de Cáncer y de Capricornio es vivir en la incertidumbre de si el paraíso nos va durar hasta mañana.

De pequeña me decían que tenía lágrimas de cocodrilo, porque lloraba con facilidad y parecía tenerlas siempre listas en la primera fila de mis pestañas. Eran grandes gotas saladas resbalándose por mis mejillas.

El país entero en crisis: cuarenta y un árboles caídos, inundaciones, deslizamientos, puentes y lugares que dejaron de existir. Los vínculos no se ven en la superficie, pero los territorios en lo profundo se comunican. El país colapsa, lo dicen las noticias.

Nací en un país en el que los noticieros matutinos nos sugieren, tener una mochila en caso de emergencia… agua para tres días, comida no perecedera, linterna y una radio. Agua y alimentos para que el cuerpo físico resista, luz y sonido, para el cuerpo espiritual. En medio de casos de emergencias, leer y escuchar música resulta necesario.

Las preguntas necias resuenan como gotas de agua en la frente. Las niñas y los niños, que poco o mucho entienden de evacuaciones y refugios, saludan en la parte posterior de la pantalla, dan esperanza. Ojalá no se acaben.

Nos damos cuenta, en depresiones tropicales, que las rutas usuales son siempre las más afectadas, y que allí nos encontramos varios. Detenerse, y repensar nuestra ruta (ya sea esta, volver) es una situación límite.

Volvamos a las llenas, ya el río estaba invadiendo nuestras casas, fue su manera de vengarse. Ríos y humanos (¿o ríos humanos?) tan desbordados. Mientras tanto, cocodrilos y lagartos viviendo la vida al cien, a sus anchas, protegidos en las profundidades del agua. La sola idea de su plenitud le hace a una sonreír. El cuento se llamaría los cocodrilos felices. Nadie habla sobre la felicidad de los cocodrilos, aun cuando sus dentistas emplumados los visitan regularmente a domicilio.

El SINAC advierte que puede haber muchísimos cocodrilos. Quizá los cocodrilos son animales muy sensibles y cuando lloran los ríos también se llenan. Después de todo, a ellos también les gustan las aguas calmas.

Un país de tormentas tropicales, en el que los puentes tienen panza y las personas nadan en las calles. Otras personas no entienden, los sistemas eléctricos de sus máquinas sucumben al contacto con el agua. Se funden.

Los árboles tan magníficos sumergen sus tallos en las profundidades de la tierra y se quedan serenos, con el agua hasta el cuello. Deberíamos ser más árbol y fluir con las raíces bien puestas.

Las colas mojadas de los perros salpican alegría y tristeza. Nací en un país tropical, en el que la tierra cede y sepulta lo que esté en su camino de descenso. Durante el reporte en el noticiero, su declaración fue que el agua se le había metido hasta la raíz.

—Había una vez un cocodrilo muy feliz y juguetón, que vivía sereno en la profundidad…

6 de octubre de 2017

Nací en un país tropical, en el que tenemos un sol vanidoso y bondadoso. Si no fuera así, ¿quién explica cómo después de una tormenta puede brindarnos tardes naranja y rosa?

El cielo puede cambiar sin previo aviso. Puede, por ejemplo, despejarse; las nubes se convierten en pasajeras de un gran tren que se va marchando. Es un país con muchas estaciones.

De pequeña creía que el verano era la tarde. Para mí, todos los días tenían verano. Me falta mucho para saber interpretar el cielo.

Nací en un pueblo donde cualquier día puede ser un veranazo, aunque estemos en octubre. Incluso tiene su propia forma de decirse: "diay, porque es un alegrón… es un alegrón" dijo el entrevistado.

Nací en un país tropical y frutal. Las cosechas determinan nuestras temporadas: ya pasó la de aguacate, la de mango, la de jocotes y la de manzanas de agua. También la hay cuando los frutos del café maduran (que es a lo largo del año, dependiendo del lugar). ¡Es imposible equivocarse con las temporadas!

Vivir en un país tropical significa vivir policromías. ¿De qué otra manera se explica que la tragedia deje imágenes de gente valiente?

Dichosa la gente que aún disfruta de las sábanas que se secan al sol. Asolear es uno de mis verbos favoritos. Es para cada fibra, realmente vital salir a tomar el sol… su razón tendrán las madres para bañar en rayos de sol a sus bebés.

Un ejemplo cercano de prácticas que prevalecen. Los cocodrilos son reptiles y se caracterizan por ser ectotermos, esto quiere decir que su temperatura corporal depende del ambiente en que se encuentren. Existen maneras de lograr esto, una de ellas (en términos populares) es asolearse. Me parece que se quedaron con el hábito, el discurso biológico solo explica un comportamiento social placentero: Me pregunto si los seres humanos también somos ectotermos.

Además, cuando los cocodrilos salen a tomar el sol, se quedan allí… muy, muy quietos, meditando. Se los digo en serio, los cocodrilos son animales muy conscientes… Estoy segura de que en algunas temporadas los cocodrilos creen que el verano es todo el día y que por eso disfrutan del veranazo desde buena mañana.

Me parece injusto el trato hacia los cocodrilos (hay un elemento de envidia latente), no se les puede culpar por amar las orillas: allí encuentran su balance: —Estoy consciente del sesgo; comparto, en definitiva, ciertas afinidades—.

15 de octubre de 2017

Las peores inundaciones. Un país tropical como en el que vivo, cuenta con ríos, quebradas y chorritos de agua indómitos. Cuando el panorama es de tal naturaleza, una gotera no pasa desapercibida.

Es difícil definir, en la inmediatez del momento, la gravedad de las llenas. Para llegar al pueblo en el que nací atravieso un cerro brumoso, a veces siniestro. Un cerro a la espera del más mínimo soplo para derrumbarse.

Me confundía mucho cuando los adultos se referían a los bancos de neblina. Observación: salía al patio y no veía ningún banco, solo neblina. Entraba de nuevo a mi casa, decepcionada.

En un país así de tropical, las autoridades recomiendan circular con precaución cada vez que se acumula humedad en el aire.

Inundaciones y cocodrilos van de la mano en un país precipitado. En ciertos noticieros se preguntan: ¿Qué ocurre con los cocodrilos en Costa Rica? No sería mejor cuestionarse: ¿Qué ocurre con los seres humanos?

Un país ambiental. Una mujer de tez morena, bióloga de la UNA, explica que el calentamiento global causa que los cocodrilos del área del Tempisque se reproduzcan más y que nazcan más machos que hembras. Sin embargo, hablar de sobrepoblación es aventurarse, pues "no sabemos cuál es la capacidad de carga del ambiente".

Por otro lado, un titular de la UCR dice, "...la desinformación sobre cocodrilos es alta en la población costarricense". Me pregunto… ¿Qué tanto sabemos sobre inundaciones y bancos de neblina?

¡Cuidado con el calentamiento global! A la prensa parece importarle mucho el crecimiento poblacional de los cocodrilos. ¿Acaso no se han dado cuenta de que es otra especie la que está en todas partes? ¿Quién advierte a los cocodrilos sobre la demografía humana?

Nací en un país en el que la época de apareamiento de los cocodrilos coincide con sequías en temporada lluviosa: reproducción canicular. Julio es siempre un mes lleno de emoción.

Nací en un país en el que los derechos de los reptiles (ciudadanos autóctonos) son violentados.

¡Los lagartos levantan su voz! El uso indebido de su nombre causa malestares anímicos. Aclaración pública: La creencia colectiva es que hay muchos lagartos. Es hora de trabajar los prejuicios.

Cuando mi papá estaba en sexto grado de la escuela, aprendió que las noches estrelladas y de brisas frescas pronosticaban días de verano. El conocimiento, como el amor, está en el aire. Los cocodrilos también lo saben.

El viento que se dirige hacia el mar, barre las nubosidades y despeja los cielos. No hay ni bancos, ni neblina. Para el malestar de los medios de comunicación… en este preciso momento, multitudes de cocodrilos a la orilla del Tempisque disfrutan el efecto canicular del calentamiento global. ¡Es julio todo el año!

—Empecé por las peores inundaciones y terminé hablando de amor. Quizá porque el amor, tan tropical, nos inunda...

25 de octubre de 2017

Soy habitante de un país salvajemente tropical. Aún en la ciudad, los turistas se asombran con el verde que hay por doquier. Las raíces rebeldes rompen el asfalto, nos recuerdan la fuerza contra la represión. Los extranjeros ni se imaginan la gran montaña, o la amplia costa… colmadas de esmeralda y limón. Sí, es un territorio lleno de riquezas.

La geografía es extremadamente irregular, si bien tenemos elevaciones, la mayor parte de la superficie está a unos metros sobre el nivel del mar. Incluso en las alturas hay un aire costero.

Dos litorales definen la silueta de mi país, el Caribe y el Pacífico son mágicos. Vislumbrar el horizonte marítimo de carácter infinito e inalcanzable es maravilloso. Que lo digan los grandes reptiles que se hospedan en las proximidades. ¡Ha de ser por eso que Lacoste es representada por un lagarto!

Cuando no tenía mucha consciencia sobre fronteras o repúblicas y desconocía por completo el tamaño del orbe —que aún me genera duda— solía pensar que el pueblo en que nací era un país. Ignoraba su extensión y sus límites. Más adelante, descubrí que mi hermana (en algún momento) lo pensó de la misma manera. Si el tiempo condiciona el espacio, es eterno mi pueblo.

Este territorio en el que nací y que habito viene a ser un continente rodeado en todos sus puntos cardinales por agua, tiene sus propios manantiales y temporales recurrentes, posee límites que me encierran y que son al mismo tiempo vía de contacto —no sé si tengo y dejo claro hasta dónde me extiendo—.

Nunca he sido buena con las promesas ni el acecho. Hay hasta ahora muchas historias de desilusiones y de viajes que no se realizaron. Es lamentable que la lluvia haya sido excusa para evadirse y no motivación para acercarse. Las presas y los paseos se realizan, no se proponen. Cien puntos para los cocodrilos que no lo deliberan tanto, así llueva y haga frío.

Había olvidado mencionarlo, en este país hay muchísimos lagartos.

Un día conocí un caimán, un caimán de anteojos. Disfrutaba de los paseos por los humedales, y tenía un gusto exquisito por las aves poetas. Devoraba la poesía. Me contaba que desde muy pequeño usaba gafas, una cuestión de genética. En sus aposentos caribeños disfrutábamos del majestuoso paisaje, de los flamingos y sus migraciones. Me explicaba que hay expediciones que solo se realizan bajo el agua: en bote los humanos nos perdemos de gran parte del paisaje —solo miramos la superficie de las lajas—.

El caimán vibraba cuando me comentó que las corrientes del agua se disfrutan en su totalidad, pero ¡Cuidado! No vaya a ser que nos embarquemos en viajes para los que no estamos preparados.

Nací en un país cuyas playas tropicales aparecen en panfletos turísticos y nos invitan a dejarnos maravillar por los cauces y las nacientes de los ríos, por las montañas que se levantan majestuosas en el alba, a encontrarnos con otros en los límites, donde siempre todo es más difuso y no tenemos claro dónde nos terminamos.

10 de noviembre de 2017

No es fácil despedirse de las lluvias, mucho menos cuando las condiciones lo impiden. El IMN diagnostica y pronostica a diario. Pierden el tiempo, vivimos en un país fenomenal.

Unos dicen que la zona de convergencia intertropical es un lecho de interacción entre los vientos alisios del norte y del sur. Dicha franja sigue el ecuador meteorológico (que vacila entre hemisferios, aproximándose a zonas de mayor temperatura). En su trayecto provoca lluvias colectivas, nubes espesas y mareas peligrosas.

Durante los meses de verano boreal, el país en el que nací viste un cinturón de baja presión.

Otros, con aire pesimista, comentan que no existe tal punto de encuentro, que los huracanes no cruzan hemisferios; y que en realidad los vientos son divididos por una zona de calma ecuatorial —la naturaleza es hemisférica y los confines inciertos—.

Este territorio que atravieso y me atraviesa es deliciosamente rítmico, tropical y migratorio: los recorridos en busca de calidez son de carácter anual.

Sabor en la sangre. Los cocodrilos, lagartos y caimanes son grandes intérpretes y al mismo tiempo protagonistas de la música popular. En la radio se transmite, "se va el caimán, se va el caimán, se va para Barranquilla". El compositor, un cocodrilo pianista. El arte no distingue.

Territorios de contacto. La supervivencia en el istmo no es fácil. Vivo en un país donde los refugios protegidos se encuentran en peligro. Tanto a los grandes reptiles como a los seres humanos se nos agotan las alternativas —hay terraplenes y cabezas de agua por doquier—.

Cuando tropical es sinónimo de cálido, se puede hablar con

plena libertad de besos y caricias intertropicales; no es casualidad que las altas temperaturas y la humedad provoquen granizadas.

Hidrometeoros. Aprendí de mi mamá a apresurarme para contemplar la lluvia de granizo. Es tan inusual, que una recoge (maravillada) aquellos fragmentos de hielo que llegan hasta el umbral. El bochorno los derrite en nuestras manos ¿Se imaginan, cómo aprecian los cocodrilos el granizo? Después de todo, llevan más tiempo en este planeta que nosotros.

Nací en un país a punto de ebullición. La zona de convergencia intertropical conlleva, inevitablemente, polivalencias temporales.

Cocodrilos humanos. Incisivos desarrollados. Pasiones abrasadoras en el resguardo de la cama ecuatorial. Enroscados sobre el mismo eje bailan calurosos: "se va el caimán…"

El IMN informa que habrá más lluvias, que se extenderán por lo menos durante dos semanas más. Las ansias de la época seca se van derritiendo con las ventanas de los albergues, al igual que los hidrometeoros al tacto.

Siempre me ha sido difícil, despedirme —hay puntos de encuentro que generan vapor.

PREGUNTAS,

DUDAS Y COMENTARIOS

editorialevapap@gmail.com

*Las Heremanas Argueta
(L.H.A.)*